Josefov

Un lugar sin tiempo

Josefov

Un lugar sin tiempo

Guillermo Martínez Wilson

Novelistos al Sur del Mundo

Editorial Segismundo

5

© Editorial Segismundo SpA, 2018-2019

Josefov – Un lugar sin tiempo
Guillermo Martínez Wilson
Colección Novelistos al Sur del Mundo, 7

Primera edición: Mayo 2019

Versión: 1.1

Copyright © 2018-2019 Guillermo Martínez Wilson

Contacto: Juan Carlos Barroux <jbarroux@segismundo.cl>

Edición de estilo: Juan Carlos Barroux Rojas

Diseño gráfico: Juan Carlos Barroux Rojas

Ilustrador del interior: Guillermo Martínez Wilson

Diseñador de la portada: Ricardo Inostroza

Registro Propiedad Intelectual N° A-297023

ISBN-13: 978-956-6029-21-2

Otras ediciones de

Josefov – Un lugar sin tiempo:

Impreso en Chile
ISBN-13: 978-956-6029-20-5

POD – Amazon™, EBM®, etc.
ISBN-13: 978-956-6029-21-2

eBook – Kindle™, Nook™, Kobo™, etc.
ISBN-13: 978-956-6029-19-9

En la colección *Novelistos al Sur del Mundo*:

Desde la nada – Omar Cansejo

TOKI – Armando Rosselot

Las Paradojas de Philip Red – Julián Marcel

El dolor ajeno – Reinaldo Martínez

Reciclando al Abuelo – Reinaldo Martínez

El Jamón del Sándwich – Le Vieux Coq

Josefov – Guillermo Martínez Wilson

Llueve desde el sábado – Reinaldo Martínez

Dedicatoria

A Lila, Paola y Sofia.

Pórtico

לטרופ

Josefov es un barrio, quizá un villorrio que ha heredado este nombre de un antiguo gueto de Praga, una de las más bellas ciudades de Europa, rebosante de Historia y de "historias", construida para ser una sucesión de leyendas; tal es la densidad vital que guardan sus viejos muros y sus estrechas callejuelas, donde han confluido tantas etnias, para dejar allí su impronta de felicidad, desdicha y esperanza, esta trilogía que parece mover la voluntad de la condición humana.

En este lugar sin tiempo, en un espacio creado por la imaginación y la nostalgia de tiempos idos, Guillermo Martínez habla a través de un personaje chileno, un viajero curioso e impenitente como él mismo, a través de las voces de mujeres y hombres de una de las más antiguas razas del mundo, que no se cansa de esperar a su Mesías, al salvador providencial que ha tardado milenios, que no acudió a prestarles ayuda ni consuelo en medio del horror de Auchwitz y Treblinka, que les hizo dudar de la existencia misma de la divinidad, de su Jehová, "Señor de los Ejércitos".

Mediante su proverbial estilo minimalista, —desplegado con maestría en su novela breve *El Traductor*—, el autor teje con propiedad y eficacia narrativa, una curiosa y atrayente narración en la que se mezclan los planos temporales en la visión del protagonista, haciéndole ver y experimentar dos dimensiones: el aquí y ahora, que llamamos "lo real", y un ámbito donde se mueven individuos o espectros, venidos de un pasado remoto, que le confunden como si él fuese un supuesto enviado que llega desde el "nuevo mundo" con el anuncio expectable de la Tierra Prometida.

Su confusión inicial devendrá en una suerte de sabia comprensión acerca de estos fenómenos paranormales que parecen coherentes con ese ámbito especial, el pequeño y a la vez amplio universo narrativo llamado Josefov, en el que el milenario devenir de los seres humanos confluye en una inmanencia que está más allá del tiempo cronológico, capaz de unir a diversas generaciones con un propósito común: hacer realidad de esperanza de redención.

La rareza de los primeros sucesos extraordinarios turba y desconcierta al protagonista, hasta que el beneficio de la vieja hospitalidad, encarnado en las mujeres, le va serenando, a medida que comprende la fuerza de aquellas raíces étnicas, religiosas y culturales que proveen la imprescindible cohesión para no perdernos en la extrañeza del mundo, para rescatar, desde el desasosiego y el asombro, la esencia de lo humano, más viva y perdurable en lugares como la antigua y maravillosa Praga.

Josefov es más que un barrio que fue gueto, es el espacio sin tiempo que el encanto augural de la buena literatura hace posible. Te invito, lector amigo a cruzar su viejo y acogedor pórtico.

Edmundo Moure

Octubre 2018

Uno

—¡Moiche! Moiche, una paloma se posó en tu hombro…

—Preocúpate de tus cosas. A ustedes qué les importa.

Los dos viejos lo miraron sorprendidos; uno de ellos le dijo:

—Te lo decimos porque te queremos, ¿verdad Nahin?

—Sí, te queremos y se te puede ensuciar tu gabán, que es bastante nuevo y bonito.

Los tres estaban fuera de la tienda del zapatero Akiva, en el barrio de Josefov, una mañana brillante de verano.

El viejo rabino Moiche habló despacio, no quería espantar a la paloma en su hombro; pensó que él era un hombre bueno y por eso que un ave se posaba en él. Los dos amigos lo miraban sorprendidos, observando la paloma que parecía zurear en el oído del viejo amigo; los vehículos pasaban y el tráfico era normal en la calle empedrada del viejo barrio. Turistas paseaban, admirando la prestancia de las bellas construcciones que reemplazaron a las vetustas casas de madera de principios del siglo veinte, y vecinos que iban y volvían del viejo mercado de abasto del barrio.

La paloma voló y el viejo Moiche, eufórico, levantó sus brazos al cielo, se giró como jugando y dijo:

—Ha llegado nuestro enviado, ha llegado, vamos al ayuntamiento-sinagoga, vamos, corramos, Nahin, Samuel, me lo susurró el espíritu por esta paloma milagrosa, ¡vamos, vamos!

—¿Quién ha llegado? —preguntó el rabino más viejo— ¿Quién ha llegado?, ¿quién?

—El enviado a las Indias, ¡qué felicidad, ha vuelto!

—¿Dónde ha llegado?, ¿qué dices, Moiche? —Miró a Nahin, que estaba sorprendido y los miraba sin entender mucho, como queriendo decir que su viejo amigo de toda la vida, Moiche, se había vuelto chalado del todo.

Dos

Visitar una ciudad siempre dejará un raro sentimiento de tristeza por llegar un poco tarde, como cuando las poblaciones eran más pequeñas. Ahora eran centros de turismo y tenían el mismo tráfico que las grandes urbes impersonales, y todos en plan de carrera, porque ir de turista crea una realidad artificial, donde nada es tuyo, hoteles fríos con un personal automatizado, donde debes hacerte entender balbuceando una lengua franca que nos ayude a captar algo, por lo mal que ellos la hablan y lo mal que uno también la maneja. Son los momentos que más agobian al visitar un país extraño; nos hace ser sólo unos observadores penitentes que van largo rato caminando en silencio o en esos *tours* con un guía en tu idioma, que nos va contando la historia de cada monumento, cada iglesia. Siempre trataba de memorizar y llevar bien anotada la dirección del hotel donde me alojaba. Me escabullí de uno de esos *tours* agotadores y cambié de rumbo; entre los grandes edificios divisé una casa, más parecía un galpón pintado de blanco, con techos muy altos; alrededor giré, mirando no sé qué, no tenía nada de atractivo arquitectónico. Cuando me acerqué más al lugar, pude leer los letreros turísticos. Lo que entendí era que se trataba de una vieja sinagoga del siglo trece, y eso ya era respetable, su antigüedad, aunque en los tiempos actuales los más jóvenes nos ignoraban o casi despreciaban; no era mi caso: por lo menos mis sobrinos se preocupaban por mí. Este viaje a Europa fue iniciativa de ellos, sólo que lamentaron no poder acompañarme, lo que habría sido más agradable. Pero sabía de tantos casos de abandono y la molestia que les causaban a los más jóvenes sus padres y abuelos viejos... Recordé que "la impiedad será el signo de nuestros años de viejo, con qué desparpajo nos llaman 'tercera edad'...", parlamento que decía mi buen amigo, ya fallecido, Faúndez, en la oficina donde trabajamos veinte años juntos. Él tenía muchos años más en ese lugar; pobre amigo mío, murió solo en una residencia horrible, donde lo llevaron sus hijos desalmados. Yo fui el único que lo visitó en sus últimos años. Escuché voces en español, un señor mayor le explicaba a quién debiera ser su esposa: "esta vieja casa fue por años el municipio judío, del *ghetto*". El barrio en que estaba la vieja casa se llama Josefov, lo separa el río Moldava de la ciudad vieja, llena de palacios e iglesias, que fue la sede de los reyes de Bohemia, y en este lado del río fue donde un rey permitió a los judíos crear el barrio de Josefov, comunicado por un bello puente lleno de magníficas esculturas; en algún lugar escuché que era el puente más bello y magnífico del mundo. El puente "de Karluv o de Carlos". Me acerqué al ingreso de la modesta construcción, admirada por su antigüedad, no por su arquitectura.

Al tratar de ingresar, me topé con una mujer de rostro duro, vestida con delantal, una especie de uniforme abotonado hasta el cuello, que como un gendarme, atendía la puerta de ingreso a la vieja sinagoga. Traté de ingresar y, muy molesta, me indicó algo en su lengua y lo único que entendí fue la palabra *ticket, ticket*! y unos gestos agresivos, con cara de perro fiero. Levanté mis hombros, como ignorando lo que decía, y ante mi impavidez y ninguna reacción, se giró y me dio la espalda, y de una especie cajón con largas patas sacó un papel y me lo puso casi en la cara. Ese era el famoso *ticket*. Indicándome un local enfrente, en la estrecha calle, ahí se leían unos letreros en que podía entender las palabras: «*Souvenir*», «*Tickets*» y «Sinagoga». Ingresé junto a varios turistas al local; ellos parecían más enterados que yo y me puse en una fila frente a la caja. Una chica muy delgada atendía; la escuché hablar en varios idiomas, simultáneamente, algunos clientes interrumpían y se acercaban mostrando objetos que querían adquirir y preguntaban los precios. Ella, la muchacha, riendo, entre dar *tickets* y cobrar, les daba explicaciones. Ella tomaba los objetos y les indicaba las pequeñas etiquetas en algún lado del artículo, donde estaba el precio en la moneda del país. Y que se pusieran en la fila como todos en la pequeña tienda llena de objetos clásicos judíos.

Ya de vuelta a la entrada de la vieja sinagoga de Praga, entregué mi *ticket* a la doña e ingresé. Como en todos los templos de cultos del mundo el silencio impera y los visitantes, respetuosos, se desplazan casi en puntillas, claro. El público que giraba en torno al altar, al centro del recinto, no era numeroso.

Ya había sufrido la experiencia de ingresar a un *tour* en Roma, y conocer los palacios vaticanos, donde éramos llevados casi en vilo por los miles de turistas, casi arreados, y los guías de cada grupo, premunidos de un palo o un paraguas con una bandera, nos conducían como rebaño. A algunos visitantes de otras empresas los llevaban con un cinturón que sujetaba un pequeño mástil con una banderilla; parecían guerreros japoneses y los guardias vaticanos que vociferaban a viva voz de esto y aquello, no acercarse a los muros, un gran zafarrancho, total para nada; qué se puede mirar o admirar en ese tráfico de locos... Pérdida absoluta del dinero que se paga por esos paseos masivos, pero estaba incluido en el paquete oferta: hotel, aviones y buses que mis sobrinos pagaron para que yo viajara y viera mundos. Ellos, buenas personas como eran, se preocupaban de mi depresión, que se prolongaba y estos últimos años yo era un cadáver andando; yo decía ser un sobreviviente.

Este viaje, con escala en varias ciudades históricas, me tenía más bien cansado y las angustias del vivir se prolongaban adonde fuera. Ya eran demasiados años de angustia, me había logrado jubilar modestamente. Con un ingreso moderado: mis años de trabajo no eran muchos, no me preocupé mayormente en que había que ahorrar para la vejez, si nunca pensé lo que era la vejez y ahora la tenía en todo mi cuerpo y lo peor, en mi mente. Ya no sabía si seguir, ¿para qué?

Di una vuelta rápido por el altar, en medio del recinto, y me senté en los bancos empotrados en el muro, frente a mí se sentó la mujer que me recibió al ingreso, era muy mayor y usaba bastón. Fue amable, cuando entré me regaló unos folletos en español y me acompañó al ingreso; éramos a simple vista los mayores dentro del templo, que no era muy grande. El altar estaba rodeado de sillas, al igual pegadas al muro, en los laterales largos del rectángulo frente al altar central de la sinagoga, las maderas de sillar eran tan viejas, que con el roce de los años de los que ahí se sentaron a orar desde antiguo, tenían los hermosos brillos de las maderas muy lustradas; esos asientos tuvieron dueño y seguramente se heredaban, tenían una especie de pupitres delante y estaban numerados con pequeñas plaquitas de cobre y el nombre de quién las ocupó, quién sabe en qué año y qué época. La vieja me miraba, en medio de mis reflexiones, algo debía trasmitirle yo, por su mirada, era no sé si de piedad o amor. Sorpresivamente, la mujer se comunicaba conmigo en silencio; un temblor invadió mi cuerpo viejo, aquello no podía ocurrir de nuevo… Cuando me creí tan enfermo, que pasé años gastando en psiquiatras y medicamentos varios después que me diagnosticaron, ya no recuerdo la estúpida palabra que el médico les insinuó a mis sobrinos que esa era mi enfermedad, que podía ser recurrente, que se iría por ahora, gracias a sus buenos servicios y todos mis ahorros, pero era real que la mujer se comunicaba conmigo sin pronunciar palabras, sin mover sus labios; yo le entendía algo así como que ella fue joven, llena de vida, pero ahora, ya al final de sus días, cuidaba la sinagoga, la vieja sinagoga de Praga, donde los imaginativos creadores de mitos, más bien mentirosos, sostenían que en sus cimientos estaba enterrado el Golem: el hombre de arcilla, un monstruo que se vendía en pequeñas imágenes como un símbolo de la ciudad, el ser que la leyenda adjudicó a un viejo rabino, Law, del siglo dieciséis y le insufló vida para que fuera su siervo y protegiera a los judíos del gueto de Josefov.

«No creo en esas historias», le respondí a la dama, «es decir, ya no creo en nada, todo es parte de un negocio para atraer turistas, hoy, señora, todo es un negocio».

«Si puede hablar conmigo entenderá por qué yo atiendo a tus pensamientos y tú a los míos, mira bien a tu alrededor, ¿qué ves?». Y eso hice, me fijé más cuidadosamente y lo que creí ver fue a tres viejos vestidos estrambóticamente, también sentados, y me miraban como queriendo invadir mi soledad en el templo. Me sorprendió, pero no me asusté, fijé bien mi vista: hablaban entre ellos, los demás eran turistas, recorrían el rectángulo del centro de la sinagoga y pasaban frente al muro donde estaba el tabernáculo, cubierto con un paño granate bordado con hilos de oro, en donde destacaban los leones de Judá que, como en un escudo, sostenían las tablas de la ley; era un bello trabajo. Me di cuenta que los turistas no los veían, pasaban casi rozándolos, eran seres trasparentes y me miraban y yo a ellos... La mujer anciana del bastón me observaba insistentemente, como queriendo decir: «si ves y no crees ¿qué pasa contigo?», o algo así pude interpretar. Su rostro serio, con los brazos cruzados sobre el pecho, malhumorada.

Sorpresivamente, se sentaron dos de los ancianos, cada uno a mi costado, un tercero de pie frente a mí, la vieja dama del bastón hizo un gesto levantando su brazo, como queriendo espantar moscas o algo que la circundaba; yo la veía de igual manera. Frente mí, el señor de largas barbas, que era transparente, no me asustó y creí entender lo que la dama pronunciaba en sordina a estos viejos locos. El viejo frente a mí me dijo, acercándose, casi tocando mi rostro:

«Has llegado, por fin has llegado, te hemos esperado por años, por mucho, mucho tiempo. Tenías en tus manos la esperanza, las vidas de todos los judíos de Zizkok de Terezín, los de aquí, de nuestro gueto... Josefov, en Praga. Todos en tus manos; debías llegar con las buenas nuevas de esas tierras donde todo es leche y miel, todos los judíos aquí esperamos partir a esas tierras maravillosas donde no hay injusticias ni discriminaciones, es tanta la alegría de que hayas llegado por fin del nuevo mundo. Tú sabes, los rabinos de Polonia reunieron en su comunidad 20 mil florines de oro para la empresa, los polacos son los más crueles con el pueblo de Dios. Tú debías hacer el contrato por treinta mil con el señor gobernador, excelentísimo señor, Manzo de la Vela, Marqués del Copayapu, encargado del Rey de esos reinos. El magnífico Rey lo autorizó, a cambio de otros doblones que fueron llevados directamente a España. Dirigiéndose a mis dos acompañantes a mis costados, exclamó: ¡Nahim, Samuel, seamos felices todos, tenemos unas grandes tierras donde todo es gigante y las cosechas son abundantes, ¡qué felicidad! ¡Cuenta hijo! Lo mejor es que has llegado».

Todo ocurría en la realidad, empecé a sentir que volvía esa época en que estuve loco, totalmente loco después de salir del barco mohoso, oscuro y frío donde estuve en su vientre encallecido, y de mis lecturas fantásticas de mi triste juventud me quedo con historias como si fueran propias. Adopté ser el profeta Jonás, sí, el de la ballena; así me conocieron los prisioneros del campo cerca del mar, donde me llevaron a esperar el juicio por terrorista. El olor del mar, mezclado con miles de olores, acentuó por un tiempo mi locura de creerme, no yo, sino un profeta fracasado que no cumplió y fue desterrado a un vientre de fierro que se mecía suavemente entre los llantos y nauseabundos olores; era un vientre terrible, donde nadie se hablaba, todos sospechaban de todos y después de los insultos de las partidas armadas de los guardias que llevan a los prisioneros a la cubierta del viejo armatoste en desguace, nunca más volvían, nunca más los volvíamos a ver. Ahora, en este recinto de oración, de nuevo todo se confunde, esos viejos locos que me hablaban y sólo yo los veía. Uno de ellos ponía su oreja casi en mis labios, yo sólo le decía que no era la persona que tenía un trato con ellos, no sabía absolutamente nada. Hablaba bajo, para que los turistas que recorrían el templo no me vieran ni escucharan; todo era parte de mi locura que ya creía superada.

«¿Cómo es la vida allí, hijo?».

y el otro:

«¿Tenemos esas tierras para todos nosotros, los judíos de bohemia?».

También esta vieja dama que me mira como si le infundiera lástima. No, no me puede suceder esto aquí, lejos de mis parientes, allá en Santiago; no sé su idioma y nada de inglés. Me salí de la ruta de los amigos del chárter, por lo menos ahí viajaban dos señoras argentinas, locuaces, pero en nuestro idioma y el del señorito español y su amante o mozo, qué me importa, esto que me está pasando: ver unos viejos que nadie ve y me hablan y los entiendo; sus preguntas dirigidas a mí, como si yo fuera alguien que enviaron qué sé yo quién o quiénes, de qué época, cuántos años, a adquirir un territorio para huir de aquí.

La mujer me hablaba sin mover sus labios, estaba a una distancia de tres metros, ella relajada, yo un poco menos; los viejos, que eran transparentes, se fueron a deliberar en una esquina cerca del paño bordado del tabernáculo; la mujer sí me hablaba, yo entendía en mi cabeza lo que decía: «existió un proyecto de muchas juderías de toda Europa de irse a reunir a las tierras de América, porque ese sería un paraíso, pero te veo a ti tan triste por lo que has vivido que no hay tal paraíso, la misma crueldad, los mismos demonios, también los visitan cada tantas generaciones allí, y en cualquier parte reaparecen los tiempos oscuros».

Ella dejó el dintel de la entrada y vino a sentarse de nuevo frente a mí. Me quedé en silencio, ahora me fijé más en su rostro, con sus años a cuesta debió ser cuando joven de una gran belleza, una velada impresión que su vejez estaba marcada por el dolor de una vida difícil, seguramente era una sobreviviente de los campos de exterminio. Captó de inmediato mi pensamiento y contestó: «no, yo no estuve en ese infierno, pero sí, pude ver cuando se llevaron a mis padres y tíos de aquí del gueto. Tenía dieciocho años, lloré mucho pero el destino me camufló y fui otra, unos días antes del arresto de mis padres, mi vecina, mi mejor amiga, Emma, falleció en ese tiempo de ultraje a los judíos y a los patriotas checos. Emma era hija única y sus padres la enterraron y la remplazaron por mí, con el consentimiento de mis padres, para que yo no fuera incluida entre los cautivos que llevaban a morir a esos infiernos».

«Triste historia, sobrevivió gracias a ser otra. ¿Fue difícil?», pregunté.

«No, los vecinos de nuestro edificio en el barrio de Florenc eran checos decentes que sufrían por la ocupación de los nazis, como todos, y mis padres adoptivos decidieron que debíamos irnos fuera de la ciudad, al campo, a un pequeño pueblo. Él era médico. Me cuidaron y trataron de que mi vida fuera lo más normal, cuando llegaron los rusos y se inició el gobierno de los comunistas, que trajo también sus males, no tan crueles como los nazis... Pero ahora Praga, la República Checa, vuelve a ser amable como cuando era niña, antes de la guerra, ¿no lo ves? Somos parte de la comunidad europea».

«¿Estás contenta, entonces, que todo cambiara para mejor?».

«Sí, soy agradecida».

«¿De Dios eres agradecida? Cuidas un templo, aunque ahora es más un museo. Aquí no se reza creo, estos visitantes no parecen religiosos, son sólo mirones como yo, que llegué a ver una construcción del siglo XIII. No soy creyente de nada. No voy a la iglesia, ni creo en curas ni en nada».

«Como todo el mundo moderno, ya nadie va a los templos. Creo en la gente y me ocupo de cuidar la sinagoga de nuestros abuelos, junto a Gelda, que está en la puerta. Ella y yo lo hacemos por amor a nuestros padres; su recuerdo está aquí, aunque mi padre era agnóstico, se reía de los rabinos y de los judíos practicantes. Igual fue a la muerte, no sé si en sus últimos días en Auschwitz creía en "alguien", de todas formas, lo llaman Dios, es un dios cruel que los castigaba. Los nazis eran los peores demonios que te puedas imaginar».

Me quedé en silencio, la gente pasaba en medio de nosotros, que parecíamos ancianos meditabundos e indiferentes, aunque la dama daba rápidos vistazos a todos. En un momento se paró a advertirles a unos jóvenes que no debían tocar nada, sólo mirar. Los viejos estramboticos habían desaparecido, ahora surgía en mí la duda de si fueron reales o parte de mi vieja enajenación de cuando estuve mal, muy mal, allá por los años setenta… Pero ella, creo, también los vio, sintió su presencia; no me atreví a preguntar, también ella podía ser una mujer loca por lo que le tocó vivir: la guerra, el reino comunista, que duró años plagados de arbitrariedades y privaciones de libertad.

Ella salió al exterior y yo me levanté a dar una vuelta más, mirando las sillerías de los muros donde las sillas tenían un pequeño pupitre. Advertía que cada silla tenía un número y una pequeña placa con un nombre de alguien que oró y estudió en este lugar. Las pequeñas inscripciones gastadas y bastante enmohecidas eran de cobre; era difícil leer el nombre del rabino o estudioso que la usó en tiempos ya idos. Las letras fueron grabadas con buril. Di la vuelta y volví a sentarme en el mismo lugar; me sentía muy cansado, los visitantes disminuían. Era más del mediodía, seguro; la gente se tomaba un descanso para almorzar. Una pareja ingresó al templo, una pareja muy dispareja: él, moreno, flaco y encorvado, llevaba cubierta su testa con kipá, típico de los judíos religiosos; ella era una mujer muy bella, exudaba juventud. Rubia, parecía una beldad sueca o germánica, iba muy ligera de ropa, con sus sandalias; lucía sus bellos muslos con un pantaloncito minúsculo, reía, quizá de su pareja, que iba embelesado mirando cada detalle del templo; era, además de bella, alegre; impresionaba mirarla, me distrajo un rato. La mujer del bastón ingresó, acompañando a una pareja y un niño pequeño; murmuró algo con relación a la bella amazona, seguro reprobaba el que anduviera tan ligera de ropas. Ellos emprendieron la salida, el muchacho sintió el reproche de la anciana cuidadora y apuró el paso, ni se fijaron en mí sentado ahí sin qué pensar, estaba en blanco.

Pero, en ese silencio, yo pensaba en mi existencia y en la de ellos, todos ellos, y me preguntaba el porqué al final de mi vida llegaba a este lugar tan loco. Ahora la dama del bastón despidió a los ancianos que lloraban y el niño, que debía ser su nieto, los miraba compungido; Ruth los despidió y volvió a sentarse, y ahora me informaba que bajo los pisos de la sinagoga no existía ningún entierro —¿a pito de qué me decía esto?—, que eran los locos ociosos los que inventaban.

El rabino... Sí existió y fue muy querido y admirado. Yo lo sabía, no sé por qué, quizá lo leí o me lo dijo alguien de la comitiva de turistas con los que llegué a este país. Y de un ser imaginario: «El Golem», que creó ese rabino brujo para que protegiera a los judíos de Praga. Nada los protegió de los nazis; hubo muchas guerras, rebeliones y aberraciones que ocurrieron contra los judíos y nadie podía asegurar que fueran salvados por ese engendro, mitad bestia y mitad humano.

Me quedé solo, era el único turista en el templo, y sorpresivamente, los viejos volvieron a la carga, preguntándome por el encargado de adquirir tierra, por lo que deduzco fue en tiempo en que éramos colonia de España. Ingresaron varios turistas, me miraban, yo debía mostrar un aspecto lamentable ya que volvía a estar rodeado de los estrafalarios rabinos locos; uno de ellos, bastante alterado, dijo:

«Mejor hablemos del negocio».

El llamado Nahim, sin tapujos, me hacía partícipe de quizá qué negocio. Yo, enrabiado, lo miraba y seguramente le decía a viva voz: «usted señor, está más loco que una cabra». Unos turistas movieron sus cabezas, dando a entender que estaban frente a un borracho que hablaba solo, y yo, en mis cabales, más lúcido que nunca, pero el viejo Rabino no entendía lo que yo decía, quizá porque yo hablaba mi idioma, el español, y ellos hablaban una extraña jerigonza, pero no sé por qué yo los oía y captaba perfectamente en mi cabeza.

Tres

El traductor que vino no me agrada para nada, es bastante torpe y por lo que cuenta, vivió un tiempo en Andalucía, y no habla tan bien como él cree, me pareció un poco petulante; me ayudó a explicarle al médico, que me atendió amablemente en un hospital. Yo debía suponer que ahí estaba la sala, era toda blanca, provista de los instrumentos que hay siempre en esos lugares; todo me indicaba que había, no sé... algo parecido a un hospital. Sentí un vacío, un tiempo perdido del cual no recordaba nada, sólo que estaba en una sinagoga vieja, no tan impresionante como otras obras arquitectónicas que he visitado en este confuso viaje que hice por insinuación de mis sobrinos... Yo le pedí al lenguaraz que tradujera que yo estaba muy sano y no debía estar ahí, que no tenía dinero para pagar esta hospitalización y que lo mejor era comunicarme con mi consulado; ellos ya verían cómo me podía ir a mi país, lo antes posible.

—Este país, el suyo, doctor —le dije— no está para nada bien, aquí pasan cosas muy locas.

El traductor era al que en verdad debía yo agradecerle, pero no me dio tiempo, porque él tenía ganas de conversar, quizá para practicar el conocimiento del español, pues al parecer no tenía muchas oportunidades de hacerlo; pensé que a lo mejor recibía sus honorarios por horas de trabajo y no quería dejarme solo, que era lo que yo necesitaba para analizar mi situación ahí, en una sala de hospital, y no sabía bien a cuenta de qué me habían traído. Yo soy sano y el estrés de andar de turista en países de otro idioma me había provocado este *surmenage*, no era más que eso. Él se quedó un tiempo más conmigo. Después de que los galenos y las enfermeras se fueron, él contó que la cuidadora del museo-sinagoga vendría y que no me preocupara de nada, que ella, además de hablar perfecto español, vivió en España, después de la guerra, acompañando a una dama de mucho abolengo, creo que primero fueron a Italia, bajo el paraguas de la Iglesia, y de ahí a España. Sorprendido, le dije:

—Sabe usted mucho de su vida, ella me contó algo de sus viajes.

—Ah, Ruth es una persona muy modesta y bastante hermética con su vida personal; usted le agrada, seguramente y ¿está de paso en la ciudad?

—Sí, muy de paso, ojalá pueda retornar pronto al lugar de donde vine.

—Espere que Ruth llegue, ella es una gran amiga, hace miles de cosas: visita enfermos, cuida la sinagoga, vive preocupada de sus amigos, trabaja en la misma organización que yo, sin sueldo, por supuesto, es licenciada en lenguas romances.

—Lenguas romances, eso es algo relacionado con los gitanos, ¿verdad?

—No, no, se llama así a las lenguas latinas.

Y empezó a enumerarlas, dándose aires de muy sabiondo.

—¿Usted viene de Sudamérica? Debe ser un mundo maravilloso.

Me mostró una revista que llevaba doblada en su bolsillo, en la portada una fotografía de unos campesinos con sus trajes y gorros coloridos con largas orejeras y pompones. Era probable que fuesen unos aimaras bolivianos, más que gauchos o huasos; además salían en la estampa cuidando unas llamas.

—Muy bello su país, muy grandes montañas.

—Sí —le dije… Qué más iba a explicarle. Pedí la revista y le di una mirada rápida a las fotografías y a los textos principales. Aludía al problema de la mediterraneidad del país, enclaustrado en las altas cumbres de los Andes por culpa de los imperialistas chilenos.

—¿Dónde la obtuvo? —le pregunté, algo molesto. Me salía a flote mi inculcado patriotismo, ese de despreciar a los otros. —¿Nosotros imperialistas? Si la mitad de mi país vive a medio morir saltando, y hay tres millones en la miseria. Esta revista es la insidia misma, para que se entere.

—América es grande, hay más de veintitrés países y ¿algunos son islas?

No me contestó y siguió. Me contó de su viaje a España para perfeccionar el conocimiento del español *in situ*:

—Yo conocí y viajé por el Pirineo y varias sierras de España. Inmensos montes, muy grandes. No imagino cómo son las alturas de los Andes, en fotos no es lo mismo, pero... —y quedó en silencio un buen rato.

—Yo sólo las he visto desde lejos, sólo fui una vez a la montaña, a un cajón que se llama «Del Flaco», cuando tenía catorce años... Se puede decir que estuve en el corazón de las montañas de la zona central de mi país. La impresión que aún tengo y recuerdo bien, el encuentro de dos ríos, el Mataquito y el Río Claro; además, Santiago está a los pies de Los Andes, toda rodeada de cerros inmensos.

Él siguió hablándome: pero me explicaba que ahora no tenía ni edad ni salud, menos dinero para tan largo viaje a conocer Los Andes, y levantaba las manos, las segundas más grandes montañas de la Tierra, después de los Himalayas.

Le dije que ahí en el corazón de las montañas habitaban gigantes; me miró sorprendido, como diciendo: «por eso está aquí en reposo». Como me percaté de su deducción, le aclaré que esa fantasía era de un escritor de mi país, que admiraba a los nazis. Se quedó en silencio, y preguntó tímidamente:

—¿Los admiraba? Los admiraba, no puede ser…

—Sí, todo puede ser en el nuevo mundo, si le digo que en mi país está el único ejército que usa un uniforme igual a los prusianos, ¿me creerá?

Se sentó y tomó mi reporte de enfermo e hizo como que leía, quizá daba por terminado su trabajo; siguió un largo silencio, la luz del exterior disminuía y la sala tomaba un tono más sombrío. Le pregunté la hora y cuándo vendría la señora cuidadora de la sinagoga; me dijo:

—Las tres de la tarde, estamos a inicio de otoño, creo, empezará una llovizna. Ella debe estar por llegar; la esperaré, así que esté tranquilo, yo estoy aquí para traducirle lo que necesite.

—¿Trabaja usted en el hospital?

—No, sólo soy traductor de una ONG que ayuda en estos casos, como usted, que requiere un traductor.

Cuatro

Sentado en una cómoda poltrona, con una frazada en las piernas, observaba la decoración de la sala que, para su experiencia de otras salas de recepción que en su país llamaban *living*, esta le parecía la más bella de las que había conocido en su país, en la casa de sus amigos y parientes. No se podían comparar, esta tenía algo que le asombraba, lo primero: unos magníficos muebles para los libros y una gran vitrina, otra pequeña donde destacaba la cristalería, la mayoría eran finas figuras de cristal, pequeñas escenas que lo asombraban por su belleza; un gran y cómodo sillón… Le pregunté por la bella colección de figuras de loza y cristal, me quedó mirando un buen rato y al fin rompió el silencio:

—Estas figuras, hay muchas distribuida en varios lugares de Praga y no sé qué otros lugares. Fueron de la famosa colección del Conde Uf.

La miré.

—¿Quién era ese tal conde?

—Un secreto de Praga, si el fallecía, pasaba al Estado, pues así lo dispusieron en esa época los comisarios de artes comunistas y el Conde, que vivía para su colección, los burló a todos; ahora pueden volver a un museo, él toda su vida coleccionó estas pequeñas obras de arte europeo, pero principalmente praguense.

Dirigí mi mirada a las pequeñas mesas de finas maderas relucientes de la sala de Ruth, donde lucían jarrones finísimos y fruteros, o no sé qué eran, llenos de angelitos y frutas de colores de gran hermosura. Curiosamente, me sentía bien, muy a gusto con Ruth, mi anfitriona. Me explicó que iba a preparar algo de comer, dejó la radio encendida, me facilitó un libro en español y se fue a cocinar. Miraba el libro y, sorprendido de tanta amabilidad, no me atrevía a abrirlo. Ruth, al pasármelo me dijo que un amigo que recorre mundo se lo trajo especialmente, ya que ella trabajó para una dama con ese nombre. Miré el libro y sólo leí el título "La Muerte de la Condesa Prokofic". Me entretuve leyendo el nombre del autor y me enteré que era nacido en mi país, Rolando Rojo Redolés. Volvió Ruth a ofrecerme un café, que agradecí señalándole:

—El libro fue editado en mi país, y esa dama a quien usted se refiere, que conoció después de la guerra. Es un libro sobre ella; por el título parece una novela policial, además esta portada, con un desnudo, me imagino que es algo pornográfica.

—No, nada de ese género, tienes que leerla, la condesa que yo conocí, y trabajé para ella, era polaca, desapareció, yo nunca supe más de ella. *Madame* Prokofic viajaba con un maletín de médico lleno de joyas y baúles especiales, seguramente obras pictóricas. Las negoció con un cardenal que le habilitó pasaportes, y quería llevarme con ella a las Américas, yo desistí, la acompañé sólo hasta España.

Sonó el timbre, me alarmé un poco. Salió Ruth Dominzer para abrir. Al pasar por mi lado, me dijo: «debe ser Belia, le encargué ir al hotel por sus cosas; es amiga de toda la vida, pero no habla español, sólo algo de italiano». Ingresó una matrona gorda, muy risueña, hablando hasta por los codos y mirándome cada cierto intervalo y también a Ruth. Muy risueña, debía ser algo así como indagar y reírse: «qué, a tu edad, Ruth, te hiciste de hombre»; y yo muy sentado con una frazada en las rodillas, como un enfermo convaleciente. Se acercó Belia, con su humanidad considerable, yo como caballero educado en viejas reglas de urbanidad, me levanté, y no me había dado cuenta que estaba con un pantalón de pijama, lo que al parecer la hizo reír más, y no sé qué bromas hacía mi anfitriona. Ella dijo en español: «Estás muy loca, Belia. Voy a la cocina». Belia me dio dos sonoros besos, y debió dejar estampado en mis mejillas el rojo fuerte de su lápiz labial, que usaba con profusión. Casi me sentó y me volvió cubrir las rodillas con la frazada; me hizo una señal con un dedo y fue tras de Ruth. Volvió al instante con dos pequeñas copas de cristal con un licor algo fuerte, pero era tan efusiva, y haciéndome tocar los cristales, empinó el codo y yo sin poder imitarla, me lo bebí suavemente. Fuimos llamados al comedor, donde Ruth había dispuesto tres cubiertos, pero la invitada se negó a quedarse a comer con nosotros; igual nos acompañó un rato. Hablaron entre ellas y yo comí en silencio, pero Ruth a cada instante me traducía y me hacía participar como oyente para que no pensara que se hablaba de mí. Belia se levantó y fue a la sala; Ruth me explicó que ella era bibliotecaria y trabajaba en una sede social de un barrio de la ciudad y reunían libros donados y que había decidido regalar gran parte de los suyos, aunque en esta modernidad se imponían los libros electrónicos y la baja de lectores era un fenómeno universal. Belia volvió y dijo algo y Ruth le respondió en español: «sí, yo te diré cuáles libros puedes llevarte»; se dio cuenta y le repitió en su idioma. Belia se acercó a mí y me palmoteó la espalda, riéndose y diciendo: «*arrivederchi amico, arrivederchi*»; después dijo a Ruth algo de una cena en su casa, «*mangiare tuti*», y se marchó.

Después de una semana de huésped en casa de Ruth Dominzer, habíamos establecido unas rutinas necesarias, y ella logró comunicarse con mis sobrinos en Santiago; el más cercano a mí, Miguel, venía en una semana a buscarme, ya habían cambiado la fecha de mi pasaje y yo, muy contento de estar en una casa y no en un hotel, ni pensé en que tenía que abandonar Praga. Por primera vez me sentía a gusto, a pesar de que no entendía nada de los programas de televisión y los letreros y las señaléticas de las calles, no me preocupaba mayormente. Los horarios de mi anfitriona eran diferentes, así que decidíamos reunirnos a almorzar en los restaurantes, cerca de la sinagoga, donde yo iba al encuentro, calculando que Ruth y Gelda cerraban a las cuatro de la tarde, y yo las esperaba en la esquina; no quería acercarme a la sinagoga; podían aparecer de nuevo mis alucinaciones. Una de esas frías tardes con una tenue llovizna esperaba afuera de un café-bar, donde se podían comer unas salchichas *kosher* y beber buena cerveza. Miré mi reloj y calculé que ya debían venir hacia el encuentro, Ruth y Gelda, al bar; pero debí entrar asustadísimo. El barman de la barra se sorprendió y yo atiné, balbuceando: «los Rabinos locos vienen por mí»; algo le dijo a un camarero joven: que me atendieran; me llevó a sentarme y trataba de calmarme; me senté asustado, y ahora mi preocupación era que mis amigas, al no verme en la puerta, tal como habíamos acordado, se fueran, y yo dentro, asustado como conejo por temor a los espectros que surgieron entre los árboles de la avenida de enfrente, donde estaban escondiéndose y apareciendo como en un juego de niños.

Amanecí un poco achacoso y al despedirme de Ruth, cuando se iba a su sinagoga, le conté que estaba un poco agripado; me dijo que no saliera y que ella vendría con unas cervezas y me indicó que había varios alimentos disponibles; me quedé en la sala, yo absorto y totalmente concentrado en la lectura de la novela de la condesa Prokofik, libro muy especial, de refugiados europeos en Argentina: en una mansión en medio de la pampa, un organismo internacional asilaba y protegía a viejos nazis y rusos en su etapa final; el organismo de las Naciones Unidas y damas ricas de la sociedad argentina. Totalmente absorto en la lectura, fui interrumpido por el sonar del teléfono, esperaba una llamada desde Santiago, la capital de mi país, de mis sobrinos y parientes, que de verdad no extrañaba nada estas últimas semanas, invitado como estaba en un moderno departamento con calefacción, con una anfitriona amable como era Ruth, que me comentó, riendo, que algunos vecinos del edifico la habían felicitado por su matrimonio, y de verdad, en las tardes, volviendo a casa bajo un mismo paraguas, con bolsas de compras, parecíamos un matrimonio de ancianos amables, seguramente para los demás; a veces veníamos acompañados de Gelda, desde la sinagoga, para cenar en casa. De igual manera, Ruth se colgaba de mi brazo, porque se ahorraba el bastón. Fui al teléfono y una voz en checo o no sé qué idioma preguntaba algo; asustado, sólo dije: «*nich* aquí *nej*», y colgué. Volví al interesante relato de nazis refugiados que cenaban en la residencia de la pampa, vestidos con sus uniformes de las SS y *smoking*. Me senté, tomé el libro y me quedé helado; frente a mí estaba el viejo rabino, muy sentado en el sillón de la casa de Ruth.

Quedé espantado, se me cayó el libro y sólo atiné a cerrar los ojos, no podía ser verdad que el tal Moiche estuviera ahí a mi lado, muy sentado, riendo. Me encomendé a los santos y vírgenes que conocí en mi infancia, cuando acompañaba a mi vieja abuela a la misa y ella me contaba la vida y apariciones de estas damas vírgenes que tenían cientos de nombres; ella, recuerdo, me explicaba de su especial teología que Dios se manifestaba en forma femenina para ayudar a los pecadores; después, ya más viejo, leyendo me enteré que lo femenino era la energía de Dios, que insuflaba valor y resignación a los hombres de este mundo y les proveía de milagros. Todas estas ideas se agitaban en mi cabeza, asustado, sin atreverme a abrir los ojos. Fui valiente: miré hacia el sillón y él seguía ahí muy sonriente y me habló telepáticamente:

«No te asustes, yo sólo vengo a decirte que mis hermanos son mis amigos de niños, Nahin y Samuel, amigos de toda la vida, te creímos el enviado con las noticias de nuestras tierras de las Indias, pero ahora sé que no eres tú. Nosotros seguiremos esperando, que fue la misión que me dio mi padre, el maestro Yehudah; mi padre era un hombre bueno, el más grande cabalista de toda Europa, que en gloria esté su memoria. Fueron muchos los que se organizaron para irse, abandonar las ciudades y campos donde se les discriminaba y perseguía; un buen proyecto ¿no crees? Y aún esperamos. Tú no eres ese enviado, no sabes nada del proyecto de nuestros padres, no sientas rencor con nosotros si te hemos causado molestias; de verdad, tú no sabes nada del proyecto de nuestros padres».

Me dirigí a él con lástima:

«Qué puedo decir, sí, que es un hermoso proyecto. Cuando todo se nubla y la opresión se hace insoportable, lo mejor es huir, salvarse; sabes de los miles de refugiados que llegan en busca de asilo de países que la guerra ha destruido: de Irak, de Siria, de Palestina. Vienen a las fronteras de Europa, esas son las noticias de todos los días; ellos también tendrán sueños esperanzadores de encontrar un lugar de paz, así debe haber sido cuando sus antepasados idearon el proyecto de salir de Europa. Me he enterado de que ya casi no hay judíos en Praga. Hace algunos años, había sesenta mil, después de la guerra y el período ruso, desapareció la colonia judía de Praga, ahora apenas hay tres mil; después de la guerra quedaron muy pocos».

«*No hablemos de eso, yo, Moiche Yehudah, hijo de rabinos, nieto de rabinos, mi padre me dio una misión y he de esperar que llegue el enviado para irnos a nuestras tierras de las Indias*».

«No sé cuándo su padre y esos cientos de judíos proyectaron ese plan, y usted está amarrado a él, pero han ocurrido miles de cosas, son siglos en América; no existen encargados de los pueblos, somos repúblicas independientes; no tanto así, porque en algunos casos, existen los imperios, quién lo niega. Ningún enviado de ningún rey, no sé qué decir; creo que deben descansar, el mundo es éste, donde yo estoy. Toqué fuertemente el brazo del sillón, éste es lo real».

Moiche no contestó.

«No sé, señor Moiche. Que usted es un sueño mío, algo que no sé qué es. Lo veo, lo escucho, pero yo soy un enfermo, siempre he estado así, pasando de una realidad a otra; ahora, viejo, vine de visita a su ciudad y me entero de este proyecto de sus antepasados; le puedo contar que en mi país los pueblos son dueños de la tierra. Los mapuches, en el período más voraz de la ocupación de sus tierras, reunieron grandes cantidades de monedas de plata y encargaron a unos ingleses que les compraran armas; se fueron en busca de ellas y nunca volvieron, los engañaron miserablemente. Creo que a sus antepasados les ocurrió igual, ¿por qué esperar?, ¿no es mejor descansar? No volver al mundo, que ya lo debiera saber: es éste y no otro, si usted está en un limbo, donde se comunica con algunos, nos puede contar cómo es su mundo; muchos creyentes anhelan irse allá después de la muerte; yo creo que desaparecemos para siempre, pero usted, Moiche, me causa dudas sobre un más allá, porque lo veo ahí sentado y me habla y me cuenta cosas. ¿Por qué volver?».

«Las promesas son sagradas; yo estoy al igual que usted, en el mismo mundo, en la misma tierra, no hay más cielo ni infierno que éste. Sí, puedo desaparecer como tú dices, pero sería parte del todo, de las flores, de las tormentas, de las piedras, de las cosas bellas que se marchitan, de las grandes obras que también desaparecen. Puedo no ser yo y ser todos ustedes, ¿no enseñan eso los religiosos? Nosotros también los rabinos. Esas son nuestras enseñanzas; pero las promesas se cumplen y debo esperar como alma en pena».

«Es absurdo, señor Moiche».

Él se sonrió, me miró y observó la puerta; el ruido del cerrojo indicaba que Ruth llegaba. El fantasma Moiche hizo un gesto con la mano y desapareció.

Ingresó Ruth, venía radiante; con una bolsa de compras, me saludó, contenta, y se sentó en el mismo lugar donde estuvo el Rabino Moiche. Ruth me preguntó:

—Estás algo raro, ¿vino alguien?

—No, nadie, sólo yo aquí leyendo, casi no me he movido del sillón. Y tú, ¿has tenido un día muy agitado?

—Nada de eso, muy buen día. Tu sobrino llega en dos días, llamó a la oficina de la sinagoga y estará una semana con nosotros. Ya he organizado todo, tengo boletos para la ópera, así conocerás un gran teatro y asistirás a una función; como me has contado que nunca lo has hecho, iremos a disfrutar una obra operática, conoceremos algunos lugares a los alrededores de Praga que hay que visitar; todo un plan para ustedes, lo organicé con Gelda y Belia, además de Vadilaf, que te recuerda bien, fue tu traductor en el hospital.

—Sí, lo recuerdo; pensé que había sido poco amable con él, que sólo cumplía con su trabajo.

Esto, este plan que anunciaba Ruth era fantástico. Lamentablemente, ya es otoño en esta parte del mundo, hay que usar ropas adecuadas debido a las sorpresivas lluvias y chubascos; el paraguas era un utensilio incómodo para mí, al igual que para Ruth, ella requería su bastón siempre. Me contó de una operación de caderas y que después debió recurrir al bastón. Seguimos conversando, ella me comentó del día y la disminución de turistas en la ciudad, que por la fecha ha sufrido una merma constante.

—Y en tu país empieza el buen tiempo, ¿estás contento?

—No puedo decir que me alegra volver a mi país, en este mismo momento que me preguntas, aunque aquí siempre seré un extraño, tú has sido muy amable al recibirme estas semanas aquí en tu casa y me has mostrado rincones y lugares que los turistas nunca ven. De todo mi viaje, este lugar, tu ciudad, tu país, al final ha sido el más grato.

—Ah, y te hemos llevado con Gelda a restaurantes antiguos con buena cerveza checa, sabes que somos famosos por producir cientos de tipos de cervezas de gran calidad.

—Hasta me he ido acostumbrado a beber una al día, a lo menos, como ustedes.

—Bueno, Gelda y yo íbamos a conversar a un bar una vez por semana de vuelta del trabajo, una rutina que cambió con tu llegada, ahora es casi a diario, pero no se piense que nosotras, viejas, nos estamos alcoholizando.

Ruth se ríe de buenas ganas y la risa de Ruth es como la de una niña joven; su cara cambiaba con esos momentos de alegría, llenándose de una juventud que estaba más allá del tiempo, por encima de toda geografía, entendible en cualquier idioma humano…

FIN

Suilermo MARTINEZ W. 88.

Biografía del autor

Guillermo Martínez Wilson, estudió en la Escuela de Artes Aplicadas y Escuela de Grabadores de Malmo, Suecia. Ha publicado dos novelas, *"Los caballeros de la sirena negra"* y *"El traductor"*. En colaboración ha publicado *"1832 Descubrimiento de Chañarcillo"* y ha sido colaborador del diario *"Atacama y Chañarcillo"*. Ha ejercido como Secretario de la Sociedad de Escritores de Chile (SECH). Es escritor y pintor como lo confirman las xilografías que se insertan en su última novela *"Josefov"*.

Tabla de materias

Colofón

Este libro se imprimió mecánicamente, no sabemos dónde ni cuándo, por algún robot dedicado a la impresión bajo demanda. Por lo tanto, nos es imposible indicar cuántos ejemplares han sido producidos a la fecha ni cuántos lo serán en el futuro. Esperamos que se haya usado papel Bond blanco y una tapa de cartulina polilaminada a color, con una encuadernación rústica mediante *hotmelt*. Por lo menos estamos seguros de haber usado la tipografía *Book Antigua*, en varios tamaños y variantes, para la mayoría de su interior.

ᔕ